TABLEAUX ANCIENS

DES ECOLES

FRANÇAISE, FLAMANDE ET HOLLANDAISE

MARBRES

VENTE HOTEL DROUOT, SALLE N° 8

Le Jeudi 6 Mars 1890

A DEUX HEURES

EXPOSITION PUBLIQUE LE MERCREDI 5 MARS 1890

DE UNE HEURE ET DEMIE A CINQ HEURES ET DEMIE

Me ESCRIBE
COMMISSAIRE-PRISEUR
6, rue de Hanovre

MM. HARO Frères
PEINTRES-EXPERTS
14, rue Visconti, et 20, rue Bonaparte

M. A. BLOCHE
EXPERT PRÈS LA COUR D'APPEL
25, rue de Châteaudun

1890

IMPRIMERIES RÉUNIES, **A**, RUE MIGNON, 2, PARIS. — 569.

CATALOGUE

DES

TABLEAUX ANCIENS

DES ÉCOLES

FRANÇAISE, FLAMANDE ET HOLLANDAISE

MARBRES

DONT LA VENTE AURA LIEU

HOTEL DROUOT, SALLE Nº 8

Le Jeudi 6 Mars 1890

A DEUX HEURES

EXPOSITION PUBLIQUE LE MERCREDI 5 MARS 1890

D'UNE HEURE ET DEMIE A CINQ HEURES ET DEMIE

Me ESCRIBE
COMMISSAIRE-PRISEUR
6, rue de Hanovre

MM. HARO Frères
PEINTRES-EXPERTS
14, rue Visconti, et 20, rue Bonaparte

M. A. BLOCHE
EXPERT PRÈS LA COUR D'APPEL
25, rue de Châteaudun

1890

CE CATALOGUE SE DISTRIBUE

A PARIS CHEZ

Me ESCRIBE
COMMISSAIRE-PRISEUR
6, rue de Hanovre

MM. HARO Frères
PEINTRES-EXPERTS
14, rue Visconti, et 20, rue Bonaparte

M. A. BLOCHE
EXPERT PRÈS LA COUR D'APPEL
25, rue de Châteaudun

Conditions de la vente

Elle sera faite au comptant.

Les acquéreurs payeront *cinq pour cent* en plus du prix d'adjudication.

TABLEAUX ANCIENS

BELLOTO (Bern.)

1 — Le Grand Canal à Venise.

T. — H., 0m,72. L., 1m,20.

BERCHEM (Nicolas)

2 — Le Passage du bac.

Au second plan, des bergers font traverser à leurs bestiaux une large rivière qui coule entre des collines et des rochers surmontés, à gauche, de tours et de fabriques. Quelques animaux entrent dans un bac, tandis que d'autres sont déjà sur la rive opposée. Au premier plan, une femme, montée sur un mulet, semble parler à un paysan qui frappe un âne chargé de balots et qui rue.

Le tableau semblable existe au musée du Louvre, n° 21 du Cat., peint également par Berchem.

Signé à gauche.

B. — H., 0m,49. L., 0m,72.

BERCKHEYDEN (Gerrit)

3 — La Fontaine.

Au premier plan, à gauche, auprès des anciens remparts d'une ville fortifiée, une fontaine entourée de plusieurs personnages : à droite, une charrette. Dans le fond, on aperçoit une église.

Signé à droite.

T. — H., 0^m,48. L., 0^m,42.

BLOOT (Pierre de)

4 — La Maison du maraîcher.

Au premier plan, un amas de légumes très vigoureusement peints placés près d'un puits et d'une chaumière.

Un paysan se hâte de gagner la maison rustique pour se mettre à l'abri de l'orage qui éclate dans le loin.

Curieux spécimen de ce maître peu connu.

Signé à droite en toutes lettres et daté 1654.

T. — H., 0^m,85. L., 1^m,22.

BOTH

5 — Vue prise en Italie ; effet de soleil couchant.

Signé à droite.

T. — H., 0^m,54. L., 0^m,45.

BOUCHER (D'après)

6 — Le Réveil.

Cadre en bois sculpté.

T. — H., 0m,57. L., 0m,80.

BOUCHER (D'après)

7 — L'Hiver.

H., 0m,86. L., 1m,11.

BOUCHER (D'après)

8 — Léda.

T. — H., 0m,80. L., 1m,15.

BOULLOGNE (Bon)

9 — Pan et Syrinx.

Syrinx, l'une des compagnes de Diane, poursuivie par le dieu Pan, s'enfuit aux bords du Ladon, pria ses sœurs de la secourir et fut dérobée aux embrassements de Pan, qui ne saisit dans ses bras qu'un faisceau de roseaux; il en arracha quelques-uns, dont il fit la flûte champêtre qui porte le nom de la nymphe.

T. — H., 0m,92. L., 1m,27.

BREUGHEL (*dit* BREUGHEL DE VELOURS)

10 — La Route du marché.

Sur un tertre élevé, au premier plan, plusieurs cavaliers; à droite, des paysans portant des fruits, des volailles, etc., des charrettes chargées de monde suivent une route: on aperçoit, du haut de ce monticule, une vaste étendue de pays, plusieurs villages, plusieurs villes et un fleuve qui serpente dans la plaine.

B. — H., 0^m,35. L., 0^m,56.

CANAL (Antonio *dit* IL CANALETTO)

11 — Pont sur le Grand Canal à Venise.

Au premier plan, des barques et des gondoles; plus loin, un pont avec architecture monumentale; à droite et à gauche, des maisons bordent le canal.

Très belle signature à droite sur les pierres du quai.

T. — H., 0^m,90. L., 1^m,30.

CANAL (Attribué à)

12 — Une Place à Venise.

Nombreuses figures.

T. — H., 0^m,50. L., 0^m,73.

DIACON (D'après DAVID)

13 — Bélisaire demandant l'aumône.

Signé à gauche et daté 1820.

T. — H., 0^m,98. L., 1^m,15.

DUSART (Cornelis)

14 — Intérieur d'un tisserand.

Signé du monogramme sur un tabouret.

B. — H., 0^m,31. L., 0^m,41.

DYCK (Philippe Van)

15 — La Chaste Suzanne surprise par les deux vieillards.

Le monogramme se lit en partie sur un pilastre à gauche.

B. — H., 0^m,46. L. 0^m,38.

GOYA (École de)

16 — Course de taureaux.

T. — H., 0^m,68. L., 1^m,03.

GOYEN (Jean Van)

17 — Bords de la Meuse.

Au premier plan, plusieurs pêcheurs ; de l'autre côté de la rivière, une maison et les anciens remparts de la ville surmontés d'un moulin à vent.

Signé du monogramme sur un morceau de bois et daté 1653.

GRYEF

18 — Gibier ; nature morte.

Signé à droite.

B. — H., 0^m,33. L., 0^m,26.

GRYEF

19 — Pendant du précédent.

GUARDI (Attribué à)

20 — Santa-Maria Maggiore.

Au fond, l'île avec les monuments et l'église ; au premier plan, de nombreux bateaux et gondoles.

T. — H., 0^m,35. L., 0^m,43.

HEEMSKERK

21 — Intérieur de tabagie.

Signé sur le tabouret à droite.

B. — H., $0^m,25$. L., $0^m,31$.

HEYDEN (Jean Van der)

22 — Le Départ pour la chasse.

Au premier plan, plusieurs cavaliers, l'un déjà en selle, l'autre montant à cheval, se préparent à partir pour la chasse; auprès d'eux, un piqueur avec ses chiens, et à gauche un fauconnier. Au second plan, au milieu d'un jardin, bordé d'un fossé empli d'eau, on aperçoit l'habitation principale. A droite, une porte monumentale devant laquelle se tient le maître du domaine.

Figures d'Adrien Van de Velde.

Signé à droite.

T. — H., $0^m,48$. L., $0^m,60$.

HUE

23 — Paysage : Clair de lune.

Signé à gauche.

T. — H., $0^m,37$. L., $0^m,28$.

LAMBRECHTS

24 — La Collation.

Plusieurs personnages sont réunis autour d'une table dans un jardin, devant une maison.

T. — H., 0^m,81. L., 0^m,65.

LINGELBACH

25 — Le Port de Livourne.

Au premier plan, à droite, des portefaix accoudés sur des ballots; à gauche, un groupe de Turcs; au second plan, une statue monumentale avec des figures d'esclaves enchaînés aux coins; une galère et dans le lointain des vaisseaux. Ciel nuageux.

Signé à gauche.

T. — H., 0^m,40. L., 0^m,43.

LOO (Carle Van)

26 — Apollon et la Muse.

T. — H., 1^m,63. L., 0^m,96.

MEYER (H. de)

27 — La Plage de Scheveningen.

Au premier plan, près de barques tirées sur le rivage, des marchands de poissons; à droite, un carrosse escorté d'un cavalier prend le chemin du village dont on aperçoit le clocher: Sur les dunes de sable une vieille tour portant la date de 1589. A gauche, sur la plage, des pêcheurs, une charrette remplie de paysans; sur la mer, les bateaux de pêche.

Signé en toutes lettres à gauche et daté 1658.

B. — H., 0m,95. L., 1m,27.

MOMMERS

28 — Le Repos du berger; paysage.

Signé à droite.

B. — H., 0m,46. L., 0m,65.

MOOR (Charles de)

29 — Le Nid.

Une jeune fillette joue avec un nid dans lequel sont des oiseaux. Fond de paysage.

NATTIER

30 — Portrait présumé de Suffren.

Il est représenté de trois quarts, tourné vers la gauche; il porte une cuirasse sur laquelle est la croix de Malte. Dans le fond, on aperçoit un combat naval. Physionomie expressive.

Cadre en bois sculpté.

T. — H., 0m,80. L., 0m,65.

PATER (Attribué à)

31 — Mme de Bouvillon et le Destin.

Roman comique.

A été gravé par L. Surugue.

T. — H., 0m,33. L., 0m,41.

PATER (Attribué à)

32 — Mme de Bouvillon ouvre la porte à Ragotin.

A été gravé par Pétrus Surugue fils.

Pendant du précédent.

Cadres bois sculpté.

T. — H., 0m,33. L., 0m,41.

POEL (VAN DER)

33 — Incendie dans une ville pendant la nuit.

Signé à droite du monogramme.

B. — H., 0^m,24. L., 0^m,29.

RAOUX

34 — La Coquette.

T. — Forme ovale. H., 0^m,64. L., 0^m,54.

RUBENS (D'après)

35 — Esquisse d'après le tableau représentant la Famille de Rubens.

T. — H., 0^m,35. L., 0^m,31.

RUYSDAEL (SALOMON) — (Attribué à)

36 — Le Passage du gué.

Au premier plan, des bestiaux traversent un ruisseau ; à droite et à gauche, les grands arbres de la forêt ; au fond, on aperçoit la plaine, bornée par des montagnes. Ciel nuageux.

T. — H., 1^m,06. L., 1^m,52.

SEGHERS (Daniel) — (Attribué à)

37 — Guirlande de fleurs entourant un cartouche de pierre.

La composition centrale, qui représente une bacchante, nous paraît être d'une époque postérieure.

T. — H., 0m,78. L., 0m,53.

SIMONINI

38 — Combat de cavaliers.

T. — H., 0m,68. L., 0m,42.

SNAYERS

39 — Épisode des guerres des Pays-Bas.

Des troupes, des régiments d'infanterie et de l'artillerie s'opposent au débarquement d'une flotte.

B. — H., 0m,58. L., 0m,87.

STORK

40 — Le Combat naval entre les Anglais et les Hollandais.

B. — H., 0m,49. L., 0m,60.

TENIERS (École de)

41 — Intérieur d'un corps de garde.

T. — H., 0^m,41. L., 0^m,35.

TENIERS (École de)

42 — Paysage avec figures.

B. — H., 0^m,37. L., 0^m,35.

UCHTERVELT

43 — Le Retour du marché.

T. — H., 0^m,89. L., 0^m,70.

VALLIN

44 — Les Plaisirs du bain.

T. — H., 0^m,48. L., 0^m,64.

WATTEAU (École de)

45 — Les Plaisirs champêtres.

T. — H., 0^m,70. L., 0^m,90.

WERF (Le chevalier Van der) — (Attribué à)

46 — Suzanne au bain.

T. — H., 0^m,60. L., 0^m,49.

VEENIX (Attribué à)

47 — Le Port.

Auprès du rivage, plusieurs navires sont en chargement. A droite, une fontaine monumentale avec de nombreux personnages, des bestiaux, etc.

T. — H., 0^m,80. L., 1^m,00.

VERDUSSEN (Jean-Pierre)

48 — Halte de soldats.

Plusieurs cavaliers servant d'escorte à un convoi sont arrêtés auprès d'une auberge.

Signé à gauche.

T. — H., 0^m,50. L., 0^m,63.

WOUWERMAN (D'après)

49 — Choc de cavalerie.

Une troupe de fantassins, soutenue par un détachement de cavalerie, met en déroute un parti de cavaliers ennemis qui fuient à gauche en emportant leur drapeau. A droite un homme renversé avec son cheval près d'un ruisseau. Dans le fond, du même côté, une redoute, défendue par de l'artillerie.

La même composition existe au musée du Louvre sous le n° 572 du Cat.

T. — H., 0^m,48. L., 0^m,61.

ÉCOLE FRANÇAISE

50 — Portrait de Dame, époque Louis XV.

Elle est représentée debout, vue de trois quarts, les cheveux poudrés, vêtue d'une robe de satin blanc, le corsage orné d'une rose; elle tient de la main droite une houlette, et de la gauche elle caresse un petit chien monté sur un tertre.

T. — 1^m,30. L., 0^m,97.

ÉCOLE FRANÇAISE

51 — Portrait de Dame, époque Louis XV.

Elle est représentée dans un costume de pèlerine, debout, appuyée contre un tertre.

T. — H., 0^m,93. L., 0^m,69.

ÉCOLE FRANÇAISE

52 — Portrait de Dame de qualité, époque Louis XV.

Elle est représentée vêtue d'une robe rouge, appuyée contre une table et, suivant la mode du temps, elle joue d'une serinette, petit orgue à manivelle qui sert à instruire les serins.

T. — H., 0^m,92. L., 0^m,71.

ÉCOLE FRANÇAISE

53 — Portrait d'Homme, époque Louis XIV.

Forme ovale. T. — H., 0^m,80. L., 0^m,61.

ÉCOLE FRANÇAISE

54 — Portrait présumé de Sophie Arnould.

Pastel.

ÉCOLE FRANÇAISE

55 — Portrait d'un peintre.

Portrait présumé de Charles Coypel.

T. — H., 0m,75. L., 0m,63.

ÉCOLE FRANÇAISE

56 — Paysage avec figures et ruines de temple.

Au premier plan, un paysan ramène son troupeau de l'abreuvoir.

T. — H., 0m,60. L., 0m,73.

ÉCOLE FRANÇAISE

57 — Le Marchand d'esclaves.

B. — H., 0m,11. L., 0m,15.

ÉCOLE HOLLANDAISE

58 — La Ménagère.

H., 0m,21. L., 0m,16.

ÉCOLE FLAMANDE

59 — L'Hiver.

Au premier plan, des chasseurs; un traîneau chargé de ballots; à gauche, des lavandières ; au second plan, des maisons couvertes de neige, un pont et sur la rivière gelée, de nombreux patineurs.

B. — H., 0^m,53. L., 0^m,67.

---

60 — Sous ce numéro les tableaux non catalogués.

MARBRES

NICOLI (Carlo)

61 — La Promesse.

Groupe en marbre.

ÉCOLE FRANÇAISE

62 — La Comtesse Du Barry.

Buste en marbre inspiré du dix-huitième siècle.

ÉCOLE FRANÇAISE

63 — L'Innocence.

Buste en marbre inspiré du dix-huitième siècle.

569 — IMPRIMERIES RÉUNIES, A, RUE MIGNON, 2, PARIS.

www.ingramcontent.com/pod-product-compliance
Ingram Content Group UK Ltd.
Pitfield, Milton Keynes, MK11 3LW, UK
UKHW022150260726
13993UKWH00005B/2279

9 782329 480336